KB220193

뜨락에서 우는 바람

뜨락에서 우는 바람

지은이 | 고현숙
펴낸이 | 고현숙
펴낸곳 | 문학춘하추동
초판 인쇄 | 2025년 2월 13일
초판 발행 | 2025년 2월 21일
등 록 | 2023년 7월 19일, 제 2023-000001호
주 소 | 52319 경상남도 하동군 횡천면 경서대로 1140(2층)
전 화 | 055-884-5407, 010-3013-2223
e-mail | munhakcnsgce@hanmail.net
ISBN 979-11-991320-0-9

* 책값은 뒤표지에 있습니다.
* 잘못 만들어진 책은 구입하신 서점에서 교환해 드립니다.

문학춘하추동 시인선 007

뜨락에서 우는 바람

서향 고현숙 단시조

형식의 틀을 지키고 내용에서 현대적인 것을 아우르는
것이야말로 우리가 지켜가야 할 시조

문학 춘하추동

제3부

제4부

제5부

제6부

제7부

시인의 말

왜 시조집을 만들지 않느냐고 모두들 물어 온다. 나의 대답은 늘 같았다.

"좀 더 알음이 차고 나의 진솔함과 무게가 될 때 만들겠어요."

곰곰이 생각을 해보면 이제는 마음을 정리하는 시간을 가지며 이것저것 부대끼는 생각을 버릴 나이도 된 듯하다. 어쩌면 나의 고집이라고 할지 모르나 파격을 일삼는 시조바닥을 벗어나서 정형의 틀을 지키며 한 수 한 수 마음의 시간을 가졌었고, 분명 고집이 아닌 지켜야 할 것에 대한 확신을 가지고 정형의 길을 걸어왔다.

어느날 협회의 모 시조시인의 "오늘날의 시조 정형에 대해서도 깊이 생각해 봅니다. 시대의 흐름에 따라 우리가 사용하는 언어와 문장(음절)의 길이가 많이 변했습니다."라고 카톡이 왔었다. 물론 오래전부터 파격으로 시조를 쓰고 있는 분이었다.

"시대의 흐름에 따라 변한다는 것에 마음을 함께 하지 못하니 미안하군요. 옛것을 지켜나가는 것도 우리가 해야 할 일이라고 생각합니다."라고 답을 드렸다.

오랜 역사를 지키며 내려오는 형식의 틀을 지키고 내용에서 현대적인 것을 아우르는 것이야말로 우리가 지켜가야 할 시조의 걸음이라 생각하기 때문이다. 비록 첫 시조집이 탄생하기까지 오랜 시간이 걸렸지만 단시조에 이어 연시조집을 발표하고 나면 아마도 그 이후 또 얼마를 지나야 시집을 준비할지는 오랜 시간이 지나야 할 것이다. 좀 더 내안에 잠재한 나를 돌아보려 노력 할 것이기에…

부족한 작품을 담은 단시조집에 사랑의 마음으로 끝까지 보아주셨으면 한다.

- 2024년 12월 어느날 서향(書香)

1부

잎새는
한 잎 두 닢
바람에
흩날리고

뜨락에서 우는 바람

별빛도 숨어버린
어두운 밤 뜨락에

부르는 소리있어
조용히 나가보니

그리워
밤을 새우는
바람소리 였더라.

바람이 되어

고적한 산골에서
보름달 바라보며

빌어 본 소원들이
해마다 쌓여가고

그 무게
버리지 못해
가슴으로 우는 바람.

눈을 감으면

선잠 깬 풀벌레가
새벽을 깨우는 듯

적막을 외로 타고
떨림으로 다가오는

자연의
숨죽인 소리
토방 안에 가득 찼네.

메아리

비우면 가볍다고
가진 것 다 버리고

말없이 떠난 흔적
바람에 실었더니

산천에
그림자 되어
돼돌아온 아린 정.

메아리로 남아

반 백이 훨 넘어선
세월을 끌어 안고

하나 둘 짚어보는
수 많은 이야기들

향기는
멀리 떠나고
미련만이 들고난다.

애원

잔설에 부는 바람
아직도 칼 같은데

찾아든 햇살자락
옆에만 있어달라

반 눈 뜬
버들강아지
해바라기 하고 있다.

인생

푸르던 시절 언제
낙엽이 되었을까

변하는 세상사에
마음을 내려놓고

세월은
자연에 취해
청산 위에 누웠네.

회상 · 1

가던 길 잊지 못해
시선은 끝에 있고

마주한 손길 하나
아직도 따스한데

발길은
주저앉아서
애 저린 듯 아픈 가슴.

회상 · 2

뜨락에 외로움이
햇살을 피해 앉고

세상을 등에 진 듯
고요가 그리울 때

희석된
시린 추억이
더듬더듬 찾아온다.

회상 · 3

섬진강 은물결에
가을이 익어간다

잎새는 한 잎 두 닢
바람에 흩날리고

시선 끝
세월의 잔상
보이다가 사라지고.

회상 · 4

햇살이 따사로워
뜨락에 내려서니

소슬한 바람 불어
살갗을 스쳐간다

기억도
가물한 추억
임의 숨결 같아라.

독백

바람이 찾아들다
떠나간 그 자리에

휑하니 달그림자
외롭게 흔들린다

겨우내
토닥인 숨결
손끝으로 새긴 정.

후회

고갯길 넘나들며
함께한 별빛 달빛

시간이 던져놓은
수많은 이야기도

때로는
혼자였노라
빛을 잃은 몸부림.

상처

켜켜이 쌓인 앙금
숨어버린 반쪽 달

어둠에 두 눈 감고
생각을 다독여도

바람만
옆에 앉아서
아린 마음 위로하네.

비 내린 날의 이야기

밤사이 울던 하늘
안개를 피워놓고

산마루 걸터앉아
그리는 추상화는

꿈속의
신기루처럼
잡힐 듯이 멀어지네.

바람 · 1

오후의 게으름이
꾸뻑인 졸음 앞에

사르르 스쳐 지난
손길에 놀라워서

화들짝
일어난 자리
같이 졸던 댓잎 하나.

바람 · 2

문풍지 우는 소리
선잠에 뒤척이다

꼬막불 받쳐 들고
뜨락에 나갔더니

가녀린
댓잎 하나가
품속으로 날아드네.

생각을 내려놓고 · 1

방문을 열어놓고
햇살에 취해 본다

질서도 없건마는
평화를 보고 있다

고요와
함께 가는 길
버릴 것은 욕심뿐.

생각을 내려놓고 · 2

시골집 살림살이
버리고 들어내고

그 끝엔 홀가분한
내 몸만 남을 텐데

급 할 게
하나도 없네
그저 하늘 바라보네.

미련 · 1

잠자리 날갯짓에
여름이 눈치 보네

참매미 악을 쓰며
가을을 거부하고

바람도
숲에 숨어서
낮잠 자기 하고 있다.

미련 · 2

뒤돌아 보지 말자
다짐한 생각 따로

어느새 그 자리에
돼 와서 앉은 모습

토라진
마음 앞에서
정 하나가 웃고 있네.

보고파서

임 향기 담고 담아
마시는 커피 한잔

퍼지는 차 향기에
그리움 짙어가고

찻잔 속
고운 얼굴이
낮달 되어 웃고 있네.

때로는

청학동 계곡 따라
휘도는 물결 속에

두고 온 마음 자락
어디서 멈췄을까

파문은
바위 이랑에
아픔으로 스쳐 간다.

2부

바람에 몸을 맡겨
우주를 소유하듯

산이 운다

어쩌다 뜬금없이
산새가 우는소리

이명의 떨림인가
깊은 밤 독백일까

늘 보던
산은 그대로
그대로가 아닌 것을…

산에 올라

병풍이 둘러 있네
바위도 마주 보네

천황산 자연 앞에
마음을 열고 보니

저만치
바람 한 자락
저도 펼쳐 서 있다.

변화

어둠이 미련같이
머무는 이른 새벽

싸늘한 적막만이
방안을 짓누른다

마음은
일상을 열고
동구밖을 뛰고 있다.

깨달음 · 1

달리는 차 창 너머
만개한 벚꽃들이

비속에 비가 되어
후드득 떨어진다

왔다가
가야 하는 걸
이미 눈치 채고서.

깨달음 · 2

밖에서 봄을 찾아
헤매고 돌아오니

울타리 내 뜨락에
이미 와 있는 것을

색색이
피어난 꽃이
되려 나를 반겨주네.

마지막 잎새 · 1

어설픈 마음 하나
물 위에 띄워놓고

휘도는 회오리에
갈 길을 잃고 보니

걸어온
세월조차도
허무로만 남았네.

마지막 잎새 · 2

바람은 여지없이
골 따라 불어오고

부대낀 병든 잎새
힘없이 떨어지고

세월에
던져진 삶이
다를 것이 없어라.

마음 · 1

생각을 가다듬고
마음을 열어보니

사계가 그 안에서
조용히 숨을 쉰다

도무지
그릴 수 없는
많은 사연 품고서.

마음 · 2

새벽 강 안갯속에
미로를 찾아내듯

바람에 몸을 맡겨
우주를 소유하듯

내 안에
이른 평상심
구름같이 유유하다.

빈 마음 · 1

심중에 못다 한 말
안으로 삭힌 세월

잊었다 웃었더니
돌 하나 파문 일어

살며시
빗장문 열고
들여다본 그 자리.

빈 마음 · 2

골 따라 내려와서
마음을 흔들고 간

저 바람 끝자락이
시리고 따가웁다

서산에
노을은 눕고
아침 해를 기다리네.

세상인심

온종일 오고 가던
꽃구경 인파들이

벌 나비 뒤따라서
하나둘 떠나가고

외롭게
코스모스는
바람 소리 듣고 있다.

나를 찾아서

천황산 바라보며
바람의 소리 듣고

삼매에 빠져들어
자아를 다스리네

구름은
청산을 품고
빨리 오라 손짓 한다.

가을이 오면 · 1

푸르른 잎새 하나
만지고 다듬다가

창호지 풀을 발라
살며시 붙여두고

보랏빛
국화꽃 피면
낙엽으로 만날까.

가을이 오면 · 2

구월이 지나가니
가을이 오는갑다

살갗을 스쳐가는
바람이 서늘한데

가지 끝
잎새 하나가
하마 벌써 앓고 있다.

가을은 깊어가고

유채꽃 물든 자리
메밀꽃 피어나고

살사리* 바람 앞에
교태를 부리는데

가을은
모른 척하고
앞만 보고 걷는다.

*살사리: 코스모스

시월의 축제
- 북천 메밀 코스모스 축제

거리에 쏟아지는
인파의 울렁임도

가을의 손을 잡고
수월레 하고 있다

메밀꽃
하얀 들녘이
빙글빙글 돌아간다.

느낌 · 1

산자락 하얀 눈이
서서히 녹아내려

계곡에 물소리로
또다시 태어난 날

봄 향기
하나가 되어
계절 맞이 하고 있네.

느낌 · 2

자그만 곁창 너머
풀숲에 비 내리네

그 소리 귓가에서
떠나지 않는 오늘

오는 비
예나 같은데
명치 끝이 아려 오네.

꽃샘바람

세차게 덜컹이던
바람이 머무르다

잠 못 든 마음 따라
먼 길을 떠나가면

창밖엔
산수유꽃이
올망졸망 피어난다.

적반하장

눈앞에 그림처럼
바라만 보고 있다

쌓아온 무게들은
생각지 못하고서

제 손톱
박힌 가시만
아프다고 성화네.

소드레*

깊이를 알 수 없는
마음을 열어놓고

오는 말 가는 말을
담기만 하였는데

넘친 듯
흘리는 것을
잡을 수는 없다네.

*소드레: 남의 말을 옮기는 것

가벼움

보이지 않는다고
느낌도 없을까만

모두가 가해자요
모두가 피해자네

뒤돌아
들여다보니
종이 한 장 맞들고서.

3부

산새와 들꽃 보며
스스로 받은 위로

착각

욕심이 가득한데
욕심 없다 하고 있네

내 마음 모를지나
너는 나를 알고 있지

손가락
다섯 개라고
어느 누가 모를까.

전주 가는 길

신나게 밟고 달린
아침의 국도변에

쌩하고 지나는 게
나무냐 사람이냐

막혔다
뚫린 마음에
겁을 잃은 자동차.

횡천*

청아한 물소리가
세월을 따라와서

청학의 산길 따라
달과 별 화답한다

깎은 듯
고운 돌에는
세월 얘기 담겨있네.

*횡천: 경남 하동의 작은 면

그리움 · 1

오시는 걸음마다
별빛이 불 밝히네

살며시 지르밟고
임 품에 오시거든

한마디
보고팠노라
그랬으면 좋겠네.

그리움 · 2

솔바람 송홧가루
산마루 넘나드는

오월의 뙤약볕에
시선을 멀리 두고

아련한
설레임 하나
그려보는 마음 자락.

인연 · 1

정으로 맺은 인연
세월에 녹아들고

흰서리 내린 모습
너 나가 하나인데

서글픈
동상이몽에
시선 끝이 흐려지네.

인연 · 2

어느새 하늘 높고
구름은 새털 같아

손과 손 맞잡았던
시간은 퇴색되고

생각만
어지러운데
바람 소리 애닯다.

어항 속 구피

짜여진 틀 안에서
돌다가 또 돌다가

그 넓은 세상이라
미련도 없다 하네

모두가
보이는 만큼
그것만이 내 것인걸.

두 마음

다 늦은 저녁밥에
배 조금 불려놓고

온종일 휘돌아 친
피곤에 눈을 감네

텅 비운
머리속에서
덧셈 뺄셈 하고 있다.

잃어버린 시간들

골 깊은 시골 쉼터
남은 생 맡겨두고

산새와 들꽃 보며
스스로 받은 위로

삭풍 찬
서릿발들이
저만치서 걸어온다.

밤을 지키며

대숲을 스쳐 가는
바람의 숨소리도

가지 끝 흔들리는
달빛의 춤사위도

때로는
하나가 된 듯
깊은 밤을 움켜쥔다.

가을이 오는 길 · 1

이 여름 다 가기를
손꼽아 기다리면

저기쯤 어디선가
풍요를 간직하고

귀뚜리
노래 맞추어
나풀나풀 올려나.

가을이 오는 길 · 2

제 무게 못 이기고
늘어진 대추나무

해와 달 지핀 불이
하늘 함께 물이 들고

천천히
오던 가을이
발 빠르게 뛰어온다.

바람에 취하여서

바람의 속삭임도
댓잎의 흔들림도

풀벌레 울음소리
장단을 맞추는데

춤사위
고운 빛 자락
달빛 함께 흔들리네.

흔들리는 적막

개구리 우는소리
밤새울 작정이다

든 잠을 깨워버린
산골의 신 새벽에

온밤을
허전한 마음
허기진 듯 슬프다.

못 오는 길

대숲을 휘 돈바람
뜨락을 서성이다

꼬막 불 들창 앞에
멈추어 기웃댄다

떠나면
다시 못 올 듯
한 계절이 떠나듯.

혼자라는 것

숨 가쁜 발걸음에
삶의 짐 얹어놓고

허리를 펼라치니
기댈 곳 하나 없어

외롭게
홀로 가는 길
눈시울이 뜨겁다.

멈출 수가 없는 이유

무엇을 위하여서
바쁘게 살았을까

앙상한 나뭇가지
세월에 살찌우고

햇살은
눈이 시린데
생각 홀로 좇아가네.

꽃봉오리

안으로 삭힌 계절
훌훌히 던져놓고

움츠린 날개 펴서
살포시 짓는 미소

숨긴 듯
보이는 자태
향기조차 꽃이어라.

추심秋心

가을과 여행이란
화두를 마주하며

늘 바쁜 일상 뒤로
자유를 찾는 마음

달리는
차창 너머로
갈 곳 몰라 헤메네.

무상

눈 뜨나 눈 감으나
어지러운 마음속에

눈앞의 모든 형상
무한히 흔들리면

어느새
가득 채워진
생각조차 겨웁다.

고행

봄볕에 산수유가
노랗게 피어있다

한겨울 벌거벗고
외로움 삭이더니

말 없는
깨달음인가
그 모습이 귀하다.

눈을 감고

생각을 비운 듯이
고요로 흐르는 강

어두운 침묵들도
따가운 햇살들도

오로지
나그네처럼
머물다가 가는 것을.

4부

살짝이 숨어들어
척하고 핀 꽃 하나

겨울 이야기 · 1
-코로나19

풍랑을 못 견디고

좌초된 큰 배처럼

역병에 오락가락

지구가 흔들린다

하늘은

바람을 불러

하얀 눈만 펴 나르네.

겨울 이야기 · 2
-눈 오는 밤

사방을 둘러봐도
모두가 희고 희다

아무도 밟지 않은
순수의 모습 보며

뜨락에
내려서기가
두렵기만 한 것은.

겨울 이야기 · 3
–교만

겨우내 자던 잠을
털고 난 그 자리에

살짜기 숨어들어
척하고 핀 꽃 하나

삭풍이
어루어 준 정
아는지 모르는지.

태풍 · 1

투두둑 지붕 위로
벼락이 치는갑다

놀라서 내다보니
구멍 난 하늘소리

바람도
신이 난 듯이
골 사이로 휘 달리네.

태풍 · 2

대숲에 이는 바람
제 몸을 못 이겨도

꺾이지 않는 의지
배우고 또 배운다

상처만
남은 자리는
흔적으로 위로하며.

국지성 호우

간밤에 내린 폭우
작은 일 아닌갑다

양동이 쏟아붓듯
산천이 뒤 흔들린

아마도
우주 끝에서
전쟁놀이 하는 거다.

마른장마

시골의 외진 길을
힘겨워 걷는 아낙

한여름 뙤약볕에
찡그린 이마 위로

소식도
없는 빗물이
하염없이 흐르네.

천둥소리

온종일 질러대는
그 소리 요란하다

진회색 먹구름만
품에다 끌어안고

섬광을
희번덕이며
온 산하를 들썩인다.

장마

해와 달 쉬는 사이
먹구름 살판났네

바람 끝 물을 담아
겁 없이 쏟아붓고

때늦은
쥐불놀이로
온 동네가 번쩍인다.

소나기 · 1

연둣빛 댓잎 너머
하늘은 열려있고

저 멀리 회색 구름
산마루에 걸터앉아

오늘은
어디쯤 가서
넋두리나 하여볼까.

소나기 · 2

찌는 듯 지열 속에
할 말을 잊었다가

산마루 쉬는 구름
애타게 불러 본다

드디어
대숲마을에
비가 오고 바람 분다.

비

비 끝에 바람 달고
찾아온 객을 보고

반기지 못하는 건
이미 젖은 내 마음 탓

처마 끝
낙숫물 소리
유난히도 처량하다.

밤새 비는 내리고

창호 문 틈사이로
들리는 빗소리가

적막 속 고요 깨고
낙수로 내려앉네

잠조차
뜨락에 앉아
시름 속에 빠져든다.

연인

서산에 노을 짙고
깊은 잠 밤도 깊고

간직한 사랑 노래
타래로 풀어가며

한 올씩
주고받는다
쌓아가는 인연이여.

부부

때로는 외면하며
등 돌려 산 세월이

뒤돌아 아쉬워서
다시 맨 동아줄에

골 깊은
한숨 소리가
문지방을 들고 난다.

느낌

산자락 하얀 눈이
서서히 녹아내려

계곡에 물소리로
또다시 태어난 날

봄 향기
하나가 되어
계절 맞이 하고 있네.

장 담그는 날

일 년의 농사 지어
정성껏 삶은 콩에

마음을 정갈하게
비우고 다듬었네

알싸한
짠맛 여운에
달콤함이 우려 나는.

속삭임

대숲의 속삭임을
조용히 들어본다

스산한 바람 스친
흔들린 자락마다

놀라며
바라본 세상
그럴 것이 없다 하네.

허상

침묵은 무거워서
생각만 낳게 한다

구름도 갈 곳 향해
유유히 흘러가고

눈앞에
보이는 것만
모두 다가 아니라네.

7월 어느 날

뜨락에 좌선하듯
조용히 앉은 햇살

새들도 날아들다
숲으로 숨어드는

태우다
재만 남을 듯
불이 붙은 여름날.

불볕 더위

한낮의 뜨거움이
고개를 치켜들고

세상을 태울 듯이
열기를 뿜어낸다

텃밭에
불이 붙은 건
토마토와 고추다.

무더위

대나무 가지마다
늘어져 휘청이고

풀벌레 온 나절을
목쉬게 울어대고

뜨거운
햇살마저도
가지 끝에 매달렸다.

폭염

찌듯한 무더위에
일갈을 날리는 듯

뇌성이 표효하고
소나기 지나간다

넘침을
주저앉히는
대자연의 신비다.

5부

그토록 쉬운 이름
잊고 산 내 마음을

어느 여름날

앞산에 나무들이
조용히 자고 있다

바람도 까치발로
돌아서 가는 건지

온 세상
폭염 속에서
숨도 쉬지 않고 있다.

태양

얼마나 오랫동안
속앓이 하였으면

한마디 말 못 하고
삭혀온 마음이면

온 세상
불을 지펴서
속풀이를 하는 걸까.

선풍기

온종일 돌다 보니
세상도 팽팽 돈다

바람을 만들어서
더위도 식혀보고

쉬지도
못한 노동에
몸살 앓듯 열이 난다.

유성을 보려고

흐르는 별을 찾아
천왕봉 올랐더니

고라니 자리 폈다
놀란 듯 달아나고

달빛은
적막을 깨운
나를 향해 꾸짖는다.

우리 집

감나무 그늘 가득
마당을 끌어안고

오는 이 없는 적막
외로이 지킨 것은

발갛게
익은 과일과
바람이라 하겠네.

서실에서

티 없는 백지 위로
마음을 옮겨놓고

묵향의 그윽함에
두 눈을 감아 본다

세상은
흑과 백이요
내 손에서 춤추네.

봄이 오는 소리

고요를 시샘하듯
드세찬 비바람이

한 계절 물리고서
햇살을 불러오네

씻어낸
해맑은 산천
봄 아기씨 춤을 춘다.

이별 · 1

가을은 그리움을
품기만 하였을까

들녘엔 코스모스
빛 곱게 노닐건만

가는 님
뒷모습에는
정만 홀로 서 있네.

이별 · 2

우려낸 찻잔 들고
마주한 시간들이

천지가 단풍 들며
꿈으로 다가선 날

하늘은
구름밭이네
강물처럼 흘러간다.

이별 · 3

솔향기 그윽하던
산마루 정자에는

낭랑한 웃음소리
메아리 되어 날고

청산의
외로운 구름
추억 안고 떠나가네.

이별 · 4

초겨울 바람 불어
옷깃을 여민 자리

구르는 낙엽들은
어제를 기억할까

서산에
해는 기울고
적막 밟고 걷고 있다.

이별 · 5

뜻 따로 생각 따로
묵향은 돌아 앉고

밤하늘 별 하나를
붓대에 담았더니

무거운
초겨울 밤만
소리 없이 깊어지네.

이별 · 6

살며시 꼬리 피운
어느 날 안개처럼

가슴속 보석인 양
새겨진 이야기들

동짓달
그믐날이면
소리 없이 사라질…

이별 · 7

별일이 아닌 듯이
들려준 이야기가

때 되어 찾아온 듯
떨리는 마음앓이

세상사
다 그런 것을
이제 꿈을 깼나니…

꿈

사계절 변함 속에
시선을 옮겨두고

채우고 비워내며
돌고 돈 삶의 바퀴

버리고
갈 것만 남은
마음 할켜 스친 바람.

여름 이야기

나른한 오후 한때
뜨락에 쉬는 나비

돌 틈에 찾아드는
해그늘 비집고서

파르르
풀꽃 향기에
날개 터는 저 여유.

청학동 산정에 올라

청학의 날갯짓에
마음을 뺏긴 채로

걷는 길 돌아보고
또 돌아 보느라고

갈 곳은
잊어버리고
사색하는 나그네.

엄마 · 1

인적도 없는 곳에
홀로 핀 들국화는

넋으로 내려앉은
어머니 모습일까

그리움
향기가 되어
품속으로 찾아드네.

엄마 · 2

부르지 못 한 이름
그리워 아린 가슴

어느새 서리 내린
세월이 흘러가서

한 시절
건너 건너도
보고 싶은 울 엄마!

엄마 · 3

깔방 같은 어린 자식
품밖에 밀어내고

홀로이 눈을 감고
세상을 잊으셨오

설움의
한 많은 사연
내 어떻게 풀라고.

엄마 · 4

어어이! 곡 슬프네
꽃상여 화려하다

잊은 듯 보낸 세월
60년 넘었거늘

아직도
눈앞에 남아
여린 가슴 할퀍니다.

엄마 · 5

일곱 번 바뀐 강산
흰머리 서리 앉고

그토록 쉬운 이름
잊고 산 내 마음을

어머니
알고 있나요
가슴속에 쌓인 눈물.

엄마 · 6
– 산소에서

내 언제 어머니를
애타게 불러봤나

웃자란 풀을 베며
되새긴 그 이름을

내 평생
오늘 이 자리
원도 없이 불렀다.

6부

구멍의 손길이란
이렇게 더딘 걸까

저만치 오는 봄이

스치는 바람결은
여전히 차가웁고

길섶의 잔설들은
햇살을 피하는데

어디서
오고 있는지
돌 틈 사이 파란 잎.

능소화

하룻밤 님의 손길
그리도 애절하여

그림자 행여 볼까
담장에 기댄 마음

꽃잎을
활짝 피운 채
또 한 계절 저문다.

산다는 것은

태산을 짊어지고
땀 흘린 삶의 행보

뒤돌아 바라보니
웃음 속 유희였네

채워도
늘 비어있는
허탈 속의 신기루.

비빔밥

스스로 제 멋이야
잘났다 독특해도

혼자서 살 수 없는
세상을 알고부터

기대고
밀고 당기며
하나 됨을 알리네.

바람을 따라

처마 끝 내린 서리
눈물만 흘리더니

삭풍에 얼어붙어
둥지를 틀어놓고

졸은 듯
찾아든 달빛
함께 숨은 산과 들.

홍매

주인이 떠난 뜰에
꽃들이 놀고 있다

대숲에 바람소리
귀 솔깃 기울이며

햇살에
온몸 태우고
불꽃처럼 서 있다.

자유

청학의 깃을 펴듯
물보라 날개 달고

바람을 앞세우며
계곡을 휘감는다

던져둔
지난날들이
헐떡이며 따라온다.

병상일지 · 1

와앙-쾅 순간이다
뒤집힌 차 안이다

구명의 손길이란
이렇게 더딘 걸까

긴 장화
구둣발들이
눈앞에서 오간다.

*2018년 9월 8일 교통사고를 당하다.

병상일지 · 2
- CT 촬영

최첨단 기계들이

나를 안고 뒹군다

골절된 부위들을

그림으로 그려낸다

새하얀

천정을 이고

사람들이 누워 있다.

병상일지 · 3
– 엉터리 의사

가위에 눌린 듯이
몸서리 치는 꿈속

잘못된 처방 앞에
가슴을 졸이다가

또다시
사이렌 차에
종이처럼 실렸다.

* 자연치유를 한다는 이유로 부러진 목뼈를 그
  대로 방치하다가 조선대학병원으로 후송

병상일지 · 4
– 머리카락을 밀고

기계음 소리 속에
깎여진 머리카락

머리에 왕관 쓰고
누군지 알 수 없네

사바에
몸을 던진 양
까까중이 되었다.

병상일지 · 5
– 외로움

다녀간 발걸음이
너무도 고마워서

묶어둔 몸은 두고
마음이 따라갔네

가을은
벌써 왔건만
나는 아직 여름일세.

병상일지 · 6
– 머리에 4Kg 틀을 꼽고

또 하루 지루함이
병실 안에 가득하다

긴 한숨 품어내고
감은 눈 뜨고 보면

머리는
뿔들이 나고
저승사자 같은 모습.

병상일지 · 7
– 평상심

머리에 뿔을 달고
창밖을 바라본다

길가에 구절초가
보란 듯 살랑이고

계절은
다시 오는데
나는 아직 제자리네.

병상일지 · 8
– 앞산

수채화 울긋불긋
조화가 아름답다

청명한 하늘 아래
다소곳 펼쳐놓은

떠나며
가을 한 자락
남겨놓은 선물이다.

* 병실을 지키며

병상일기 · 9
– 절망

밖에는 꽃이 피고
비오고 바람 불고

잠시의 고통마저
시간에 흔들리는

또 다른
나의 모습이
나를 보고 서 있다.

병상일지 · 10
- 마음

가을을 적시는가
빗줄기 처량하고

초점도 없는 시선
창밖을 서성댄다

바람에
어쩔 줄 몰라
쓸려가는 낙엽처럼.

숯가마에서

뜨거운 열기들을
훅 하고 들이킨다

멍석을 덮어쓰고
온몸을 맡겨보니

흐르는
땀방울 속에
아픔들이 버둥댄다.

목욕

긴 여름 흘린 땀을
단번에 씻어낸다

희뿌연 수증기에
생각을 비웠더니

뽀드득
맑은 소리가
손끝으로 전해진다.

자화상 · 1

이을 듯 굽어진다
꼿꼿한 등성이가

퇴색한 푸른 절개
진홍빛 멍이 들고

때때로
삭풍 찾아와
사계절이 요동친다.

자화상 · 2

거울에 비쳐지는
골 패인 얼굴하나

세월의 기나긴 강
헤치고 선 자리에

작아진
마음 하나만
쓸쓸하게 서 있네.

이방인

나란히 걸어가다
두 발자국 쳐진 걸음

뒷모습 어깨 위에
걸터앉은 세월 자락

함께 한
삶의 무게가
유난히도 깊어 뵌다.

기다림

산골의 하루해가
서산에 걸릴 즈음

온종일 설친 바람
대숲에 찾아들고

뜨락에
홀로 선 마음
달을 찾아 서성이네.

7부

손 끝에 정을 담아
속삭인 외로움은

단풍

어떻게 구워야만
너처럼 붉어질까

간간히 적신 비도
식히지 못한 열정

그 마음
잎새에 담아
가슴속에 숨겼네.

사랑 · 1

입안에 녹아나는
알사탕 둥근 모습

혀 끝에 소올소올
돌려서 단물 먹고

목젖을
적시는 황홀
콩닥이는 내 가슴.

사랑 · 2

닫아 건 빗장 위를
흔드는 바람처럼

알싸한 풋고추가
식은땀 솟게 하듯

찾아든
마음 한 자락
새롭기가 그지없다.

습작

가끔은 무아지경
넋 놓아 빠져 보고

버려서 비워보고
솎아서 남은 것은

하이얀
종이 위에다
던져보면 좋겠다.

배움의 길

골 깊은 산길 걸어
바람을 찾았는데

우거진 나무 가득
하늘을 가렸구나

어둠 끝
숨은 햇살은
기다리고 있는데.

고향

한가위 달을 따라
그리움 품어 안네

태어나 뛰어놀고
영원을 묻은 그곳

아버지
그림자 앞에
눈시울을 적신다.

등대

철석이는 파도 따라
외로 선 길잡이로

어둠을 품에 안고
긴 밤을 깜박인다

때로는
스쳐 지나간
그리움을 찾는 듯이.

허수아비

벼이삭 사각이는
소리를 듣고 서서

지휘봉 휘두르며
바람과 춤을 춘다

참새들
깜짝 놀라서
줄행랑을 치고 있다.

무심

아려서 숨겨놓은
세월의 이야기를

가끔은 바람으로
건들고 지나가면

정 하나
빈 뜨락에서
어쩔 줄을 모르네.

무관심

시시로 몰려오는
고요가 두려워서

열어본 방안에는
적막만 가득하고

눈감고
멈춘 시간이
이곳에만 있었네.

대숲에는

후두둑 밤을 때린
빗줄기 찾아들고

혼이 난 대나무는
허리를 꺾고 있네

창호문
흔든 바람도
뜨락 위에 머물고.

단 비 · 1

비 묻은 바람인가
방안을 휘도는데

열어둔 장지문이
호들갑 떨고 있고

밖에는
메마른 대지
촉촉하게 젖고 있다.

단 비 · 2

갑자기 쏟아지는
창밖의 빗소리가

그리운 임 오시는
발자국 소리 같다

보고픈
한을 풀 듯이
온종일을 바라본다.

부채 바람 · 1

이마에 맺혀있는
땀방울 훔쳐내며

잡풀을 솎아내는
뜨거운 목덜미에

다가온
다정한 손길
시원함이 반갑다.

부채 바람 · 2

원두막 그늘 찾아
하늘을 바라본다

햇살은 눈 부시고
바람도 쉬고 있어

부채만
쥐고 흔들다
지쳐 잠든 여름날.

어둠을 지키며

선선히 부는 바람
해 질 녘 선물일까

한낮의 찌는 더위
소나기 쓸어가고

풀벌레
함께 지새는
한 여름밤 깊어가네.

삶의 무게

반 백에 더한 세월
십수 년 흘렀건만

선 자리 어디멘가
아직도 낯이 설고

저만치
넘어갈 언덕
태산보다 더 높다.

빈자리

오색빛 물들고파
바람을 따라갔네

저 혼자 바쁜 걸음
가슴도 애잔해라

하늘빛
너를 어우러
구름처럼 노닐까.

봄이 오는 길

뜨락에 산수유는
봄맞이 하였거늘

그늘진 자락에는
겨울이 머뭇대고

안개비
소리도 없이
산 구릉을 넘고 있다.

잠 못드는 밤

새벽에 잠이 깨어
서성이던 마음 잡고

손 끝에 정을 담아
속삭인 외로움은

하이얀
종이에 메울
살아가는 이야기.

무주구천동
- 찻집에 앉아

산그늘 찾아드는
햇살이 눈부시다

길잡이 바람 타고
구천동 머문 이곳

짙은 향
커피 한 잔에
시름 녹여 마신다.

그 자리

가슴이 하는 얘기
백지에 올려 놓고

지우개 손에 들고
지우고 또 지웠네

흔적은
남는 것임을
눈으로도 보았네.

사랑 한다는 것은

있는 듯 없는 듯이
남겨진 향기 찾아

조각난 분홍 꽃잎
나비로 날아들면

그대로
가슴속 깊이
숨겨두는 것이다.

알뜰한 인식에서 조명한 심적 행로

송귀영(한국 시조 협회 자문위원)

1. 서언

오랫동안 묵언수행으로 일관해 마음을 다스리다가 드디어 고현숙 시인이 단시조 창작의 결성이라 할 수 있는 표제 『뜨락에서 우는 바람』이란 타이틀(Title)로 작품 160편에 7부로 엮은 시조집을 상제한다. 참으로 축하할 일이다. 고현숙이 구가하는 시학의 단면을 일별해 보면서 천착한 바람의 이미지와 사랑, 그리고 이별의 인생 역정에 파노라마를 이루는 요소가 진하게 배어 있음을 느낄 수가 있었다.

어느 시인에 시적 세계를 그 시인의 작품을 통하여 이해하기란 쉽지 않다. 그러한 시편들이 일상적 상황을 시화하여 보여줄 때 어느 정도 그 내용과 의미에 따른 추적이 가능해진다. 그러나 일상을 넘어선 시적 세계에 대한 인식과 시적 세계관이 존재적 본질에 대한 인생관을 추상과 관념적 언어 구도로 전개 시킨다면 독자들에게 곤혹감만 주게 된다. 고현숙 시조는 아름다운 말로 듣기 좋게 꾸민 글이 아니라 절실하게 느낀 형상을 시화하고 있다. 그녀의 작품은 추상적이며, 관념적인 상상의 세계를 구체화하는 데 탁월한 기량과 이미지의 효율성을 짜임새 있게 구성하면서 정직성과 진실성에 부합 시킨다.

오감을 통한 상상력에 사유의 세상을 활보하고 사물에 겉모습의 형상화를 거부한다. 고현숙은 시적 대상을 통해 45자 이내 짧은 시어를 단시조 그릇에 담아 한순간에서 영원을 발견하려 한다. 또한 대상의 인식이 보편적이거나 개념적인 차원을 넘어서 순간적 구체성을 암시하려 한다. 이렇듯 작품에서 감각성이 시공의 상황 속에 이미지가 구현될 때 그 순간의 포착을 더욱 중요하게 생각하고 있다. 고현숙의 형상화는 언어의 추상성을 어떠한 방법이나 매체를 통하여 구체적이고 뚜렷한 현상으로 나타내고자 한다.

고현숙은 그녀가 가지고 있는 특유의 사변적 심미에 인식을 토대로 하여 참신한 메타포(Metaphor)의 프리즘을 통한 생동하는 감각적 세련미를 갈구하려 노력한다. 시는 내면과 사물이 소통하고 동시에 관류할 때 좋은 작품이 완성된다. 시인의 가슴에는 늘 주위의 환경과 자연, 그리고 인간 사이 일종에 상호 동화의 작용을 탐색한다. 시상은 현실을 노래하거나 자연현상에 형상화하여 외부 세계에서 느끼고 체험한 것을 자신만의 고유한 내면세계로 재창조한다.

그래서 고현숙만이 느끼고 있는 현실의 경험을 상상력에 의해 특수한 상태에서 미학을 태동시키고 있다. 현대시조가 선호되는 연시조보다 시조의 백미는 단시조인 만큼 이에 부응하여 시적 미학의 새로운 패러다임(Paradigm)을 세밀하게 탐색한 발상이 공감을 갖게 한다. 압축성의 구조에서 표현 구조에 해당하는 플롯(Plot)은 시조의 기본 골격이라 말할 수 있다. 시인의 현실 인식이 돋보이고 지성인이 앓는 고뇌가 작품에 녹아들면 갈증과 시대의 우울함도 인간애로 포근하게 감아서 안을 것이다. 진실성이 내포한 작품은 아름다운 생명력이 감돌게 된다. 고현숙은 주변에서 되풀이되는 일상적인 내용의 서술이 아닌 살아온 세월 속 숱한 것들과 경험하면서 맞선 일들을 세밀히 다루고 있다. 특히 속세의 일상적 세계보다 형이상학적 사유에 시적 특성을 형상화한다.

그녀의 시적 사유로 개진한 함축성과 긴축 성이 합리적이며 사유의 표현 방법도 시류에 편승하지 않는다. 그러므로 시적 개성이 두드러지고 독특하여 고찰 방법이나 자아의 관점에서 원형질에 대한 사유의 동력이 어디까지 닿아있는지를 살펴보기로 한다.

2. 바람으로 빚어 올린 서정의 몸부림

시인의 사상과 감정을 진솔하고 명징하게 표현한 작품은 시인의 고상한 인격을 있는 대로 보여주는 반사경이다. 언어 조탁의 탁월한 지능에 지적인 노력으로 선의 실행을 숭고하고 청순한 정신을 다 쏟아 이미지를 풍기는 것은 존재성이 높은 가치 매김의 기법 문제다. 시인의 가슴으로 우는 바람은 하늘을 비상하는 소리를 내며, 추상적이고 공상적인 생각과 상상의 천년 꿈에서 깨어난 무아 상태의 환청으로 인식되기도 한다. 고현숙에게 있어 바람은 무엇이며 어떤 형상으로 나타나는 것일까? 무수한 시간 의식이 중첩되면서 과거의 기억을 소환하고 그 몸은 바람과 함께 변형 되어 확장하면서 바람의 기억이 새로운 심상으로 소생한다. 바람은 공기처럼 형태를 볼 수 없는 물체이다. 바람의 이미지는 창조의 의미와 탄생, 그리고 시간의 영원한 흐름과 생에 순환의 변화상 등 여러 가지를 상징한다. 그리고 바람은 긍정적인 면과 부정적인 면이 충돌한다. 훈풍과 따스한 바람, 시원한 바람이 긍정적인 은유라면 난봉꾼들의 바람피우기나 재난을 가져오는 태풍은 부정적인 면으로 묘사된다.

고현숙은 이러한 모든 면을 수용하여 계절에 구애받지 않고 주변 생활 속에서 체험과 관찰한 사색으로 온갖 물상과 특히 바람을 소재로 삼아 자신의 사상이나 감정을 예술적 언어로 표현하여 분신과 같은 작품을 생산해 내고 있다.

오후의 게으름이
꾸뻑인 졸음 앞에

사르르 스쳐 지난
손길에 놀라워서

화들짝
일어난 자리
같이 졸던 댓잎 하나
– 바람·1

문풍지 우는 소리
선잠에 뒤척이다

꼬막 불 받쳐 들고
뜨락에 나갔더니

가녀린
댓잎 하나가
품속으로 날아드네.
– 바람·2

처마 끝 내린 서리
눈물만 흘리더니

삭풍에 얼어붙어
둥지를 틀어놓고

좁은 듯
찾아든 달빛
함께 숨은 산과 들.

– 바람을 따라

고적한 산골에서
보름달 바라보며

빌어본 소원들이
해마다 쌓여가고

그 무게
버리지 못해
가슴으로 우는 바람.

– 바람이 되어

자연계의 법칙과 인간 세상의 질서가 그 누구나 뜻대로 돌아간다면 우리네 삶에 고뇌와 번민 그리고 괴로움은 애당초 없을 것이다. 창조주는 우주를 만들고 그 우주 속에 바람을 만들었다. 만사가 번거롭고 귀찮아서 현실 도피를 하거나 혼자 있고 싶다는 욕망이 앞설 때 무료함과 고독감은 예상하기가 어렵다. 바람 또한 시인에게는 모든 것이 시제의 사물로 변하는 미다스(Midas)의 손길로 의식한다. 시적 대상이 비록 무정물인 바람이라 해도 거기에 여러 감정을 이입하면 밝은 모습으로 비추어진다. 도대체 바람이란 무엇이며 왜 생기는 것일까? 기상학적으로 볼 때 지구 규모의 대순환에 의하여 수평적 바람과 수직적 바람인 저위도, 중위도, 고위도, 환류가 있다.

지표에서 바람의 영향에 전통적으로 사용하는 용어로 풍화작용 하는 것을 말한다. 지형의 특징과 위치에 따른 형태의 바람은 다양한 풍도와 형상에 따라 모든 시인에게 모티브(Motif)로 시적 소재가 된다. 나른한 오후의 졸음으로 댓잎 하나가 떨어진다.

스쳐 지나가는 바람은 초자아의 응시와 자아 상실감이 동시에 공존의 관계를 형성한다. (바람·1), 또한 문풍지 우는 소리에 선잠이 깨어 뜨락에 나간다. 그때 댓잎 하나가 품 안에 날아드는 것은 속세의 일상적인 세계보다는 형이상학적 사유로 그 시적 특질을 암유한다. 화자의 사유 방식도 시류에 쉽게 편승

하지 않으려는 바람의 원형질에 안착하고 있음이다. (바람·2), 화자는 우주 안에 바람의 주체성을 객체화시키고 생성에 찾아든 달빛까지 바람으로 이입시켜 읽는다. 처마 끝에 내린 눈물처럼 바람 따라 산과 들에 서리가 내린다. 처마 끝에 내린 서리를 본 화자의 진실에 어떤 둥지를 틀고 있는지 의문이 제기되는 것은 이질성과 동질성을 사유하기 때문이다. (바람을 따라), 소원의 무게를 버리지 못하여 가슴으로 우는 바람이라는 시구가 운용되어 선언적 자아에 근원적인 것과 관계가 있으며 우주적 상상력을 동원하여 화자의 내상을 짐작하게 한다.

별빛도 숨어버린
어두운 밤 뜨락에

부르는 소리 있어
조용히 나가보니

그리워
밤을 새우는
바람 소리 였더라
– 뜨락에서 우는 바람

바람의 속삭임도
댓잎의 흔들림도

풀벌레 울음소리
장단을 맞추는데

춤사위
고운 빛 자락
달빛 함께 흔들리네.
– 바람에 취하여서

뜨락의 바람 소리와 바람의 속삭임, 그리고 풀벌레 울음소리는 가을 정취를 물씬 풍기게 한다. 이러한 시구에서는 역동성이 바람에 취하면 엘랑비탈(Elan vital)을 느끼게 된다. 도약과 약동을 의미하는 엘랑비탈(Elan vital)은 생명을 뜻하는 프랑스어로 생명은 주어진 여건 아래에서 능동적으로 변화하여 본래 가진 에너지로 진화하는 것이다. 오늘날의 시각에서 평범한 사람이 빛나는 삶을 살도록 돕는 보편적 법칙으로 인생 가치관이 변화해야 살아남는다. 진화를 창조해 내는 일종의 충동이 동시에 바람으로 전이된다. 어두운 밤 누군가 부르는 소리 같아 뜨락에 나와 보니 바람 소리였다는 화자의 서정이 참으로 돋보이는 대목이다. (뜨락에서 우는 바람), 흔들리는 댓잎은 바람의 속삭임이고 풀벌레 울음소리는 소리꾼들의 장단 맞춤이다. 화자의 시안에는 달빛과 함께 바람으로 훈풍이 되기도 하고 폭풍이 되기도 하여 흡사 파도타기처럼 현란하다. (바람에 취하여서),

이마에 맺혀있는
땀방울 훔쳐내며

잡풀을 솎아내는
뜨거운 목덜미에

다가온
다정한 손길
시원함이 반갑다.
– 부채 바람 · 1

원두막 그늘 찾아
하늘을 바라본다

햇살은 눈부시고
바람도 쉬고 있어

부채만
쥐고 흔들다

지쳐 잠든 여름날
- 부채 바람 · 2

위의 시편들에서 부정 어법을 되도록 쓰지 않고 긍정의 언어로 독자를 위안하는 시인의 관심이 고르게 배합되어 있다. 부채의 기능은 일반적으로 바람을 일으키는 작용을 한다. 종교적인 의식의 도구로 널리 이용되었으며 권위를 상징하는 선(扇)이란 형태로 존재한다. 부채는 형태와 종류에 따라 장식 등에도 이용되고 있다. 특히 광대들의 줄타기에서 균형을 잡는 도구로 쓰이고 부채 바람이 빠진 판소리는 판소리가 아닐 정도로 다양하게 쓰인다. 땀방울을 훔치는 부채 바람은 부채질해야 바람을 일으킨다.

땀이 흘러내리는 목덜미를 시원하게 하고 한순간만이라도 더위를 잊게 하는 부채 바람은 반갑기도 하다. (부채 바람 · 1) 시인은 여기서 더위를 벗어나지 못하는 존재와 사물 이야기를 맛깔스럽게 짜 집는다. 더위는 우주에 놓인 실재이며 가까이는 일상으로부터 태양계까지 넓힐 수 있어 화자의 곡진한 삶에 굴곡을 넘어선 담담함과 여유가 배어 있다. 경계를 넘어선 존재와 사물을 가로지르는 융합의 정신적 에너지를 배태하고 있다고 보아야 할 것이다. 화자가 원두막 그늘에서 부채질하다가 살포시 잠이 드는 망중한은 자연의 노동 행위로 타자의 신비에 전이시키는 것이다. (부채 바람 · 2)

3. 인생의 무상한 서정적 조율을 유도해 낸 미학

우리의 낯익은 습관 같은 것을 쇄신하는 시적 발상이나 역설적 발견이 반성적 울림을 이루게도 한다. 소소한 일순간이 일생을 견인하듯 삶을 곱씹게 하는 이채로운 성취를 만들기도 한다. 훌륭한 시조 작품은 각 장의 독립적 의미의 담보에 걸림이 없는 율격을 입히고 전체 시상을 한 편의 시조로 잘 얽어낸 직조가 능란하게 연결되어야 한다. 시조 특유에 구성과 서정이 진솔하고 곧고 굳은 멋과 깊이가 인위적이거나 과장 되지 않아 자연스럽게 인생을 반추해 보고 삶의 가히 없는 깊이도 품격 있게 내재 하여

야 한다. 변할 수 없는 자연과 현재 시인의 심사를 진술하고 간결하게 펴서 얽고 묶는 시조 특유의 서정이 참신하게 투영해야 한다. 고현숙의 시조가 구성 미학을 지키면서 정형시 형태감에 갑갑함의 탈피를 모색하고 있다. 감각적이고 역동적인 묘사에서 짧은 진술로 삼라만상이 휑하니 비어가며 졸아드는 그녀의 현실 심정을 일치시킨다. 고현숙은 내공으로 시조 미학의 전수를 갈구하여 꿈을 뭉뚱그려서 서사를 통하여 밝히고 있다. 자연 속에 삶의 속내와 우주의 이치를 자연스럽게 떠 올려 시적 공감을 얻는다.

전통의 시조 미학이 절절하게 시를 낳게 하고 싸매버리는 시조 특유의 구성 미학에 충실한 시인이다. 인생의 무상한 서정이 핵심이고 모든 예술의 추동력이라 할 수 있는 그리움을 확 불러일으키는 시편들은 대부분 가편이다. 예술은 때로 충분한 경험을 사회적으로 표출하기 위해 우리 곁에 존재하고 사회는 상처를 흔히 미화하는 문화로 발전한다. 그래서 상처받은 사람이 상처를 극복하여 강해지는 서사에 반영한다. 그리고 자연을 온몸으로 감촉하면서 시를 쓴다면 시인의 그리움과 회한이 자연스레 묻어나 시조의 서정을 기품 있게 펼칠 수가 있다. 대자연의 풍광에 자연스러운 세상의 이치와 삶의 속내를 시편 속에 녹아들어 삶과 시의(詩意)에 영원한 주제인 그리움의 서정적 조율을 유도해 낼 수 있다. 현존한 인생살이를 제대로 보듬지 못한 회한을 앓아보아야 성숙함이 돋보이는 시를 쓰게 된다. 고현숙의 또 다른 작품을 살펴본다.

벼 이삭 사각이는
소리를 듣고 서서

지휘봉 휘두르며
바람과 춤을 춘다

참새들
깜짝 놀라서
줄행랑을 치고 있다

– 허수아비

참새 떼의 조잘거리는 조롱을 주시하면서 화자의 눈은 언제나 들판을 바라보고 있다. 외로움 끝에서 노을을 무언으로 바라보는 허수아비가 고독과 함께 자리하고 있다. 우리들의 인간관계에서 조롱거리는 참새 떼의 조잘거리는 소리로 비유하고 있다. 인간은 때때로 자기 향유에 빠져 사람과의 진정한 관계에 대하여 관심이 없다. "지휘봉 휘두르며 바람과 춤을 춘다."도 화자의 눈은 언제나 들판을 주시하면서 허수아비를 보고 놀라 줄행랑치는 참새까지도 곁눈질한다. 이러한 텍스트(Text: 본문) 안에서 세 양상의 형상을 느끼게 한다. 첫 번째는 벼 이삭이 사각거리는 소리이고 두 번째는 줄행랑치고 있는 참새들이며, 세 번째는 묵묵히 서 있는 허수아비다. 부정과 긍정이 공존하는 화자의 실체는 무엇인가? 조롱과 같은 집념을 좇는 면과 무능한 허수아비가 아닌 역동성을 암시한다. 또 시인은 작품 《삶의 무게에서》 "반세기를 살아왔지만, 자신이 설 자리는 어디인지 아직도 낯설어 살아 갈 언덕은 태산처럼 높다"와 《그 자리》에서 "흔적은 남는 것임을 눈으로도 보았고 지우개로 지우고 또 지웠다."며 노래한다. 허수아비라는 시제에서 표현의 언어가 타자의 은유를 나타내며 자신이 있어야 할 자리가 타자의 공간 안에서 고독하게 자리를 지키며 자기 자신을 응시하는 것이다.

눈 뜨나 눈 감으나
어지러운 마음속에

눈앞의 모든 형상
무한히 흔들리면

어느새
가득 채워진
생각조차 겨웁다
– 무상

이 시편에는 의식의 심리적 기능과 무상의 기능이 두루 내포되어 있다. 무상의 주체는 욕망의 주체이며 존재의 결여에서 출발한다. 무상이 발생하는 것은 대상에 궁핍이 아니라 채울 수 없는 결여 때문이다. 오늘 살아 있다고 해서 언제 죽을지 모르는 목숨이라면 산목숨이나 죽은 목숨이나 무엇이 다르랴.

무상은 결국 주체가 상실한 존재이며 과거의 시간이 현재에도 순환하는 실재에 대한 갈망이다. 우리는 하루에 한 번씩 죽고 산다. 저녁에 눈을 감고 잠을 자다가 일어나면 사는 것이고, 못 일어나면 죽는 것이다. 이것은 존재의 불안정에서 오는 불안이며 사람이 살아가는 동안 존재의 불안을 느끼지 않는 사람은 없을 것이다. 존재의 불안은 고통이나 질병과 상실감 외에 이별 그리고 죽음 등에서 발생할 수 있다. 이러한 인생살이에 “무상”이라는 대피소가 있다. 무상은 끊임없이 변하면서 생멸하며 시공간적 지속성이 없음을 말한다. 불교에서는 제행무상(諸行無常)이라는 명제로 영원하지 않으며 이 모든 것은 생멸이 변화하여 변천해 가면서 잠시도 같은 상태에 머무르지 않아 환영이나 실체가 없는 것을 이르기도 한다. 화자는 “눈 감으나 뜨나 마음속에 모든 형상이 흔들리면 채워진 생각조차 겨웁다.”라며 인간은 무상하기 때문에 명예나 부와 지위에 침착하는 탐욕도 버리라는 무상관을 교시하고 있다.

푸르던 시절 언제
낙엽이 되었을까

변하는 세상사에
마음을 내려놓고

세월은
자연에 취해
청산 위에 누웠네
– 인생

인생에 있어 존재의 물음으로 삶이란 무엇이며 생이란 무엇인가? 인간은 각자가 주체자로서 끝없이 발생하는 세계와의 불화를 어떻게 대처하고 극복해 가는가 하는 과제에 직면한다. 인간 존재를 중심으로 한 존재론에서 “나는 생각한다. 고로 존재한다.”라는 인식론이 시적 세계와 더불어 존재한다는 존재론으로 어느 정도 실마리를 찾을 수 있다. 삶에서 존재의 가치를 높이는 계기가 사실성에 근거를 둔 시적 진실성의 확신을 주게 한다. 하이데거는 실존이라는 용어에서 현존재가 존재의 소리에 “탈존”이라는 표현으로 바꾸어 사용함으로써 형이상학적 물음에 응답하였다. 이러한 점은 세계를 향한 내재적 존재를 인간 의식이 내부로부터 형성되어 초월하게 된다는 의미이다. “푸르른 시절 언제/ 낙엽이 되었을까/ 세월은 자연에 취해 청산 위에 누웠네.//”라는 인생을 생명력이 있는 생물체로 인지한 은유에 대해 스톡웰(Stokwell)은 인지 시학에서 근원의 인지 모형과 목표인지 모형으로 구분하여 설명하고 있음에 착안할 수가 있겠다. 위의 작품 《인생》은 43자로 엮어낸 압축의 시조로 인생에 많은 것이 숨어 있는 단시조의 정수를 보여 주고 있다.

어쩌다 뜬금없이
산새가 우는소리

이명의 떨림인가
깊은 밤 독백일까

늘 보던
산은 그대로
그대로가 아닌 것을…

– 산이 운다

병풍이 둘러 있네
바위도 마주 보네

천왕산 자연 앞에
마음을 열고 보니

저만치
바람 한 자락
저도 펼쳐 서 있다 .

– 산에 올라

위 두 시편의 진술에는 탈경계의 철학이 숨어있고 선시(仙詩) 같은 분위기를 느끼게 한다. 경계를 벗어난 포괄적 시선을 통하여 사물 간의 경계를 인지하고 그 본질을 모색한다. 산이 포괄적 시선으로 산을 바라보아야 산이게 한다. 산이 운다는 것은 역설적이며 산속의 모든 산새들의 움직임과 울음소리가 산이 우는 것으로 인식한다. 산을 보는 시선은 귀를 열고 실상의 끈을 놓지 않는 태도로 사물을 바라보고 접하는 태도이다. 화자의 태도는 분명 포괄적 시선이다. 산이 그대로인 것처럼 보이나 그대로가 아니고 이명이나 독백도 아니다. (산이 운다) 산에 올라가서 산의 본질을 들여다보려는 화자의 눈길은 경계를 넘어선 입장이다. 병풍처럼 두른 바위를 마주하며 "마음을 열고 보니" 시원한 바람도 불고 있다.

이러한 모습은 산에 올라가서 주변을 둘러보고 산의 속살을 인지하며, 주체가 자신의 진정한 모습을, 들여다보는 계기를 마련하며 산을 산이게 하는 에너지의 작용을 느끼게 한다. (산에 올라). 화자는 자연의 일부로 산을 통하여 자연과 인간의 동질성을 발견하고 자연은 인간이 살아가는데 풍성한 품으로 품어 주는 모체로 인식한다.

4. 인연과 이별의 충돌에 헌시의 지향적 의식

굴곡진 인생길을 걸어가는 과정이 모두가 다르듯이 삶의 모습과 사고의 방식도 취향에 따라 다를 수 있기 마련이다. 너무나 주관적인 견해로 옥에 티를 남기는 의구심을 털지 못하는 논자의 평에, 정형의 율이 자신의 생각과 사고에 방식을 실어 세상에 실어 보내는 가치 없는 요설이 아닐는지 모른다.

고현숙은 감성으로 그린 서정의 조각들이 시적 대상을 진솔하게 형상화하고 인연과 이별의 충돌에 헌시의 지향적 뜨거운 열정으로 창작에 혼신을 다하고 있다. 천부적으로 타고난 시재는 물론 감수성을 풍부하게 지닌 시상에서 느끼는 촉감이 예리하고 사물을 관조하는 통찰력이 뛰어난 시인으로 인식의 능력 또한 야무지다. 비범한 언어 조립과 높은 기량으로 접하는 사물, 그리고 향유하는 감정을 형상화하는데 특성 있는 솜씨를 보인다. 인간이 한 생애를 밟고 가는 동안 순풍과 평탄한 길을 가는 사람은 많지 않다.

사람마다 앞앞이 말 못 할 사연이 있기 마련이고 기복과 굴곡이 있는 삶을 살아가는 것이 인연으로 얽힌 인생이다. 이러한 삶 속에서 한 편의 시조를 통한 결연한 소회와의 미학은 자신의 사상과 감정을 진솔하고 명징하게 한다. 이렇게 표현된 작품은 시인의 고상한 인격을 그대로 투영되는 반사경이나 다름없다. 고현숙은 언어 조탁의 탁월한 재능에 그녀의 고차원적인 인격자로 인식이 되어 존재성 높은 가치 매김을 하는 눈부신 표현으로 독자들을 매료시킬 것이다.

정으로 맺은 인연
세월에 녹아들고

흰서리 내린 모습
너 나가 하나인데

서글픈
동상이몽에
시선 끝이 흐려지네
　　　　　　– 인연·1

어느새 하늘 높고
구름은 새털 같아

손과 손 맞잡았던
시간은 퇴색되고

생각만
어지러운데
바람 소리 애닲다
– 인연·2

만나서 다행이라 할 상대가 많은 사람한테는 상큼한 삶이 전개되고, 만나지 않아야 했을 상대는 많은 사람에게 짜증스러운 삶이 이어진다. 모든 생명체는 서로 공생 관계를 유지하는 대상이 존재한다. 인연을 가볍게 생각한다는 것은 인간이 살아가면서 저지르는 너무나 큰 실수 중 하나이다. 사람이 태어나면서부터 살아가는 전 과정에 인연과 무관한 대상은 아무것도 없다. 애연(哀緣)과 기연(奇緣)은 신중하게 생각하고 가연(佳緣)은 설레는 마음으로 간직하며 절연(絶緣)과 무연(無緣)은 고인 것 없이 흘려보내야 현명한 사람이다. 잡연(雜緣)과 악연(惡緣)은 단절하며 호연(好緣)을 소중히 가꾸려고 마음 쓰는 것은 착한 사람이다. 정으로 맺은 인연은 흰머리가 파 뿌리로 하나가 되어도 시간이 흐르면 서로의 마음이 흐려지면서 서글픔은 세월에 마모되어 녹이 슨다. (인연·1) 젊어서 인연의 끈으로 인하여 희망과 꿈에 부풀어 앞만 보고 치달을 때 발걸음도 가벼워 산책하듯 거닐었으나 덧없는 세월과 무상한 인생에 대한 허무감을 감각적으로 표현하여 서글픔을 표출한다. 대체로 인연이란 상대에 대한 깊은 이해와 존중의 깨달음에서 포화한 심상이 공생 관계를 유지한다. 끊지 못한 악연(惡緣)은 악운에 맞닥트리고 잘 가꾼 호연(好緣)은 호운(好運)을 갖게 한다. "생각만/ 어지러운데/ 바람 소리 애닯다.//" 어쩌다 만난 인연이 선물처럼 소중하였으나 절연으로 애달픈 마음은 어지러울 뿐이라는 서술적 표현이 감동을 준다. (인연·2)

솔향기 그윽하던
산마루 정자에는

낭랑한 웃음소리
메아리 되어 날고

청산의

외로운 구름
추억안고 떠나가네.
— 이별·3

뜻 따로 각기 따로
묵향은 돌아앉고

밤하늘 별 하나를
붓대에 담았더니

무거운
초겨울 밤만
소리 없이 깊어가네.
— 이별·5

별일이 아닌 듯이
들려준 이야기가

때 되어 찾아온 듯
떨리는 마음 앓이

세상사
다 그런 것을
이제 꿈을 깼나니…
— 이별·7

이별은 만남에서 기인하기 때문에 만남이 없었다

면 이별도 없다. 그러나 우리 인간은 사회성 동물이라 살아가면서 인연은 필연적으로 생기며 이별 또한 뒤따른다. 고현숙의 "이별' 이란 표제의 시편들은 솔직하고 꾸밈없는 언술이 유기적인 인상을 풍기기도 하고 철저히 도덕적이고 윤리적인 시각으로 시적 대상을 긁어내고 있다. 시인 자신의 사상과 가치관에 부합하도록 관념을 형상화하여 작품을 엮음으로써 자연스럽게 그 의미를 되새기게 하는 시편들이다.

인간이 삶을 경영하는 과정도 어디서 어떻게 살든 이와 별반 다르지 않고 빛과 어둠이 교차하여 우여곡절이 있기 마련이다. 이별은 아프고 슬프며 괴롭다. 그러나 굳은 의지로 중심을 잡아 인내로 노력하면 어떠한 시련도 능히 극복하여 밝은 미래를 기약할 수도 있다. (이별·1)에서 화자는 가는 임의 뒷모습을 바라보고 이것이 이별이로구나 하는 생각으로 홀로 서 있다. 또한 화자의 심정에는 구름 떼가 강물처럼 흘러가고 (이별·2) 굴러가는 낙엽은 지난날을 기억하고 있을까? 라며 스스로 자문한다. (이별·4) 그리고 선물로 준 인연이 다해서 이별할 때 가슴속 깊이 박아 둔 보석인 양 정든 이야기들을 회상한다.

이별이라는 시적 발상의 동기가 되어 거기에 따른 정서적 반응을 애절하게 일으켜 시화한 결과물이다. 화자는 어느 날 산마루 정자에 홀로 앉아 지난 인연의 이별은 추억을 안고 외로운 구름이 되어 떠나간다. (이별·3) 이러한 시상은 선경 뒤꼍의 수법으로 인연과 이별의 충돌에 미련이 어려 있어 구체적인 물상을 제시하면서 자신의 경험을 바탕으로 한 관념을 나타낸다. "밤하늘 별 하나를/ 붓대에 담았더니/" 이러한 시어의 발탁은 참신하고 능숙한 솜씨에 흥분의 덩어리로 경기를 느끼게 한다. (이별·5) 그리고 (이별·7)에서는 별것이 아닌 이야기임에도 듣고 보니 이별이라는 슬픔에 맞닥트림을 인지하여 떨리는 마음 앓이를 하다가 정신을 차리고 "이제 꿈을 깼나니…"라는 절규로 심정을 표출한다.

5. 고통도 결이 삭으면 죽음의 길을 비껴 간다

고현숙은 2018년 9월 8일 갑작스러운 중상의 교

통사고를 당하게 된다. 목뼈가 부러지는 등 큰 교통 사고로 2년을 꼼짝 못 하고 머리에 4킬로의 쇠를 매달고 눕지도 못한 채 앉아서 병원 신세를 진다. 사고 당시에 사경을 헤매었던 고통의 시간을 견디다가 몇 번이나 죽음을 생각하였다.

우리들은 교통이 혼잡한 상황에서 이러한 대형 사고를 당할 수 있는 개연성은 언제나 상존한다. 한 평 반의 병실에서 생사의 경계를 넘나든 생명들은 내일이라는 시간 보기를 갈망한 환자들이 많을 것이다. 창밖의 먼 산은 오늘도 변함없는 해가 뜨고 달이 지면서 세상은 아무런 일도 없는 듯 그대로 굴러간다. 이 세상은 철저하게 산자의 몫이다. 병상에 누워 고통으로 잠 못 이루는 환자의 모습은 객관적 사실에 대한 허물어지는 상태이다. 교통사고는 탈것이 운행 도중에 사람이나 물상과 충돌을 하면서 발생하는 사고이다. 부상자의 치료비용과 경제 활동 저하에 피해자와 그 가족에게는 경제적으로 큰 부담을 안긴다. 고통도 결이 삭으면 죽음의 길을 비껴간다는 엄연한 진실이 있다.

최첨단 기계들이
나를 안고 뒹군다

골절된 부위들을
그림으로 그려낸다

새하얀
천정을 이고
사람들이 누워 있다

– 병상일지 · 2(CT 촬영)

다녀간 발걸음이
너무도 고마워서

묶어둔 몸은 두고
마음이 따라갔네

가을은
벌써 왔건만
나는 아직 여름일세

– 병상일지 · 5(외로움)

머리에 뿔을 달고
창밖을 바라본다

길가에 구절초가
보란 듯 살랑이고

계절은
다시 오는데
나는 아직 제자리네
– 병상일지 · 7(평상심)

가을을 적시는 가
빗줄기 처량하고

초점도 없는 시선
창밖을 서성 댄다

바람에
어쩔 줄 몰라
쓸려가는 낙엽처럼.
– 병상일지 · 10(마음)

쾅 하는 순간에 충돌로 뒤집힌 차 안에서 더딘 구명을 기다리는 손길은 참으로 더디다. (병상일지 · 1), CT 촬영으로 최첨단 컴퓨터가 골절 부위를 나타내고 화자는 천정을 바라보며 지루한 고통을 참아낸다. (병상일지 · 2), 사이렌 119 구급차에 종이처럼 구겨진 전신의 상처를 입고 병원으로 실려 가 치료를 받는 동안 잘못된 처방에 가슴을 조인다. (병상일지 · 3), 머리카락을 밀고 머리에 모자를 씌운 모습이

의 단면을 일별해 보면서 천착한 바람의 이미지를 비롯한 자연과 인연, 그리고 병상 일지가 주종을 이룬 요소는 체험의 농도가 진하게 배어 있다. 나름대로 단시조 창작의 일차적인 결산이라 할 수 있는 이번 시조집에 탑재한 작품 전편이 시조 문법과 음보(Foot), 소절 선정 뒤곁의 원리를 철저히 준수하고 시조의 장점을 최대한 살리면서 정형의 틀을 벗어나지 않아 단시조의 정수를 보여준다. 시인의 내면에서 가파른 심정적 화음이 일렁이고 운치 있는 자연애의 합일을 풀고 있음을 확인할 수가 있었다. 물론 사람의 욕심은 한이 없다. 세속적 욕망을 털어 내려는 순수하고 진실한 삶을 추구하는 고현숙의 이번 시조집에서 바람으로 빚어 올린 서정의 몸부림과 인생의 무상한 서정적 조율을 유도해 낸 미학을 엿보았다.

그리고 인연과 이별의 충돌에 헌시의 지향적 의식은 물론 고통도 결이 삭으면 죽음의 길을 비껴간다는 원리도 인생사의 한몫으로 터득하였다. 많은 아름다운 작품을 모두 언급하지 못한 점 아쉽게 생각을 하면서 조명하지 못한 여타 작품들은 다른 평자의 몫으로 남겨 두고자 한다. 앞으로 더 적극적으로 치열한 시적 정신을 바탕에 깔아 놓고 폭이 넓은 소재의 취택으로 성숙한 주제의 작품을 만날 수 있는 기회가 주어지기를 기대해 본다. 끝으로 독자가 이 시조집을 많이 숙독하여 감명을 받았으면 하는 마음이다.

마무리 하며

어느새 많은 이들이 제곁에 머물고 함께 시조공부를 하며 지내온 시간들이 뒤돌아 보니 참으로 먼 세월이었던 것 같습니다.

출판사를 병행하다보니 시조집·시집을 편집, 발간 하도록 힘을 쓰면서도 정작 제 작품에는 엄격하고 큰 잣대를 대어 머뭇거리고 있었던 듯 합니다.

머물며 바라보는 눈동자를 향해 부족하지만 먼저 단시조집을 준비하면서 시조에 마음을 쏟았던 지난날을 함께 담아봅니다.

도시에서 산골로 들어 온 세월.

2년여를 병상에서 지냈고 지금도 후유증으로 힘들어 하는 순간들이 이제 남은 삶의 제 몫인 것 같아

늘 가슴아프지만 그래도 그 숱한 고비고비마다 글을 사랑했기에 지금은 이렇게 웃고 있는 것이 아닐까 싶습니다.

마음을 활짝 열고 작품의 세계를 훨훨 날아보며 이제 그동안의 습작으로 남겨왔던 연시조집을 향해 걸어가 보렵니다. 부족함이 넘치는 작은 작품들을 크게 보아주시고 용기를 주신 평설로 제 작품의 세계에 함께하여 주신 송귀영 선생님께 고개 숙여 감사를 드립니다.

많은 독자들께서 끝까지 보아주시고 격려 해 주시길 바라며 '서향 단시조집'을 마무리 해 봅니다.

- 2024년 12월 어느날 횡천 사무실에서